E. B. Del Castillo

MakiaVela

La Escuela de Brujas

montena

Índice

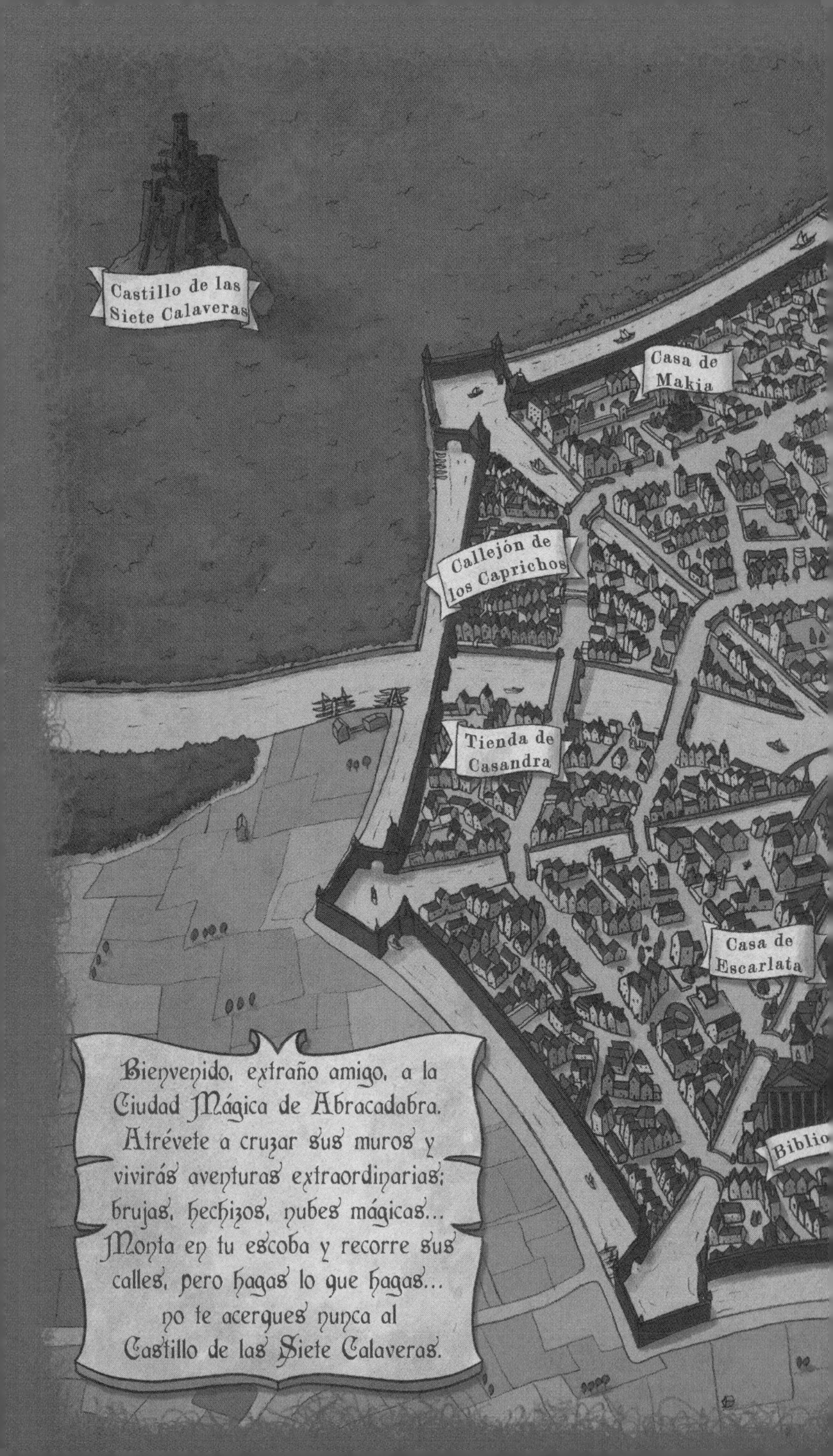

Castillo de las Siete Calaveras

Casa de Makia

Callejón de los Caprichos

Tienda de Casandra

Casa de Escarlata

Biblio

Bienvenido, extraño amigo, a la
Ciudad Mágica de Abracadabra.
Atrévete a cruzar sus muros y
vivirás aventuras extraordinarias;
brujas, hechizos, nubes mágicas...
Monta en tu escoba y recorre sus
calles, pero hagas lo que hagas...
no te acerques nunca al
Castillo de las Siete Calaveras.

Ciudad Mágica de Abracadabra

Jardín de las Estaciones

Consejo de las Muy Brujas

Casa de Cereza

N

O

E

S

Makia

Nombre completo: Makia Vela.
Bruja novata, descendiente de una estirpe de brujas legendarias de dudosa reputación. Nacida bajo el signo del Fresno.

Vive en: un viejo caserón que perteneció a su tatarabuela, Tatarísima.

Mascotas: la araña Carlota y Bu, un fantasma tan antiguo como el caserón.

Le dan pánico: los ratones, ¡puaj!

Dulce preferido: pastel de calabaza.

Talismán: el sombrero de pico de su tatarabuela.

Talento brujil: desconocido.

Cereza

Nombre completo: Cereza Brezo
Es la mejor amiga de Makia.
Nacida en el mes del Acebo.

Vive: en una casita cubierta de plantas, también carnívoras.

Mascotas: ¡Imposible decidirse! Aunque siente fascinación por los reptiles (lagartijas, culebras, camaleones, dragoncillos...)

Principal afición: la jardinería.

No le gusta: llamar la atención.

Dulce preferido: tarta de frutas del bosque.

Talento brujil: sin definir, aunque se le dan bien las ciencias y la meditación.

Escarlata

Nombre completo: Escarlata Colofonia
Nacida en el mes del Sauce.

Vive en: una casa en forma de calabaza.

Mascotas: Curucha, un búho con gafas.

Principal afición: los libros.

No soporta: que confundan su nombre
y la llamen Bruja Esmeralda.

Dulce preferido: las galletas de borrajas
de Casandra.

Talismán: una herradura con siete agujeros.

Talento brujil: destaca en lenguas antiguas y
adivinación. Tiene una memoria prodigiosa.

Casandra

Es la propietaria de una tienda
de hierbas y objetos mágicos, con
un hermoso jardín, donde las brujas
se reúnen para charlar y saborear
sus deliciosas galletas.

Rasgos de su carácter: es sensata,
cálida, paciente y humilde.

Su secreto mejor guardado: fue
la alumna más brillante de la Escuela
de Brujas pero nunca habla de su pasado.
Su mascota es una gata llamada Meiga.

Objeto preferido: una bola de cristal.

Talento brujil: conoce todas las respuestas.

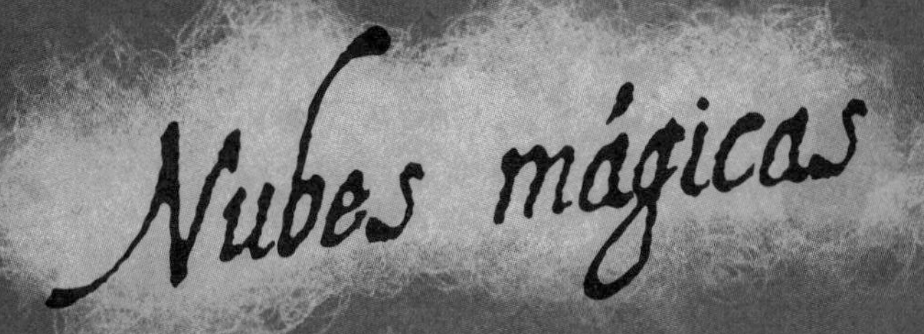

Hay un momento en la vida de toda bruja en el que su magia es tan espesa y pegajosa como masa con grumos.
Se queda flotando, irremediablemente, sobre su cabeza. Es lo que se conoce como «Nubes mágicas».
Atención: si tienes la cabeza llena de nubes, eres una bruja con un talento especial para la brujería.

¿CÓMO Y CUÁNDO APARECEN?

Al principio es como un hilo de humo que sale de la nariz o de las orejas... y poco a poco se transforma en una nube espesa, pegajosa y [CON FRECUENCIA] rebelde.

¿QUÉ HACER?

Primero hay que atraparla [¡SUERTE!], luego plegarla con cuidado y guardarla en un bolsillo, en un medallón, dentro del zapato o bajo un sombrero [GRANDE].

¿QUÉ NO HACER?

No mezclarlas con caramelos de regaliz [NO PARARÍAS DE ESTORNUDAR] ni con caramelos de mandarina [PROVOCAN URTICARIA].

MÁS SOBRE LAS NUBES

1. La nube mágica tiene vida propia. [¡OJO! SI NO APRENDES RÁPIDAMENTE A MANEJARLA PUEDES METERTE EN MUCHOS LÍOS.]
2. Unas veces tiene forma de pez, otras de coliflor, de rana... [NUNCA SE SABE.]
3. Su forma, su color y su tamaño son mensajes en clave que una bruja debe aprender a descifrar.
4. Gracias a las nubes se puede saber todo sobre una aprendiz de bruja: lo que ha comido, lo que le asusta, lo que desea, lo que le preocupa, lo que ha hecho o lo que hará.
5. La nube mágica puede cambiar de forma hasta 86.400 veces en un día (1 por segundo). [MALA SEÑAL]

El libro de Tatarísima

Un día más llegaría tarde a la Escuela de Brujas. Makia Vela se acostaba cada noche con el propósito de llegar puntual a clase, pero era inútil. Sin el grito despertador de sus mascotas, pocas brujas eran capaces de madrugar y la araña Carlota no era de gran ayuda en este sentido.

—¿De qué me sirve una mascota a la que le gusta dormir incluso más que a mí? —se dijo Makia, mirando de reojo a Carlota que seguía durmiendo a pierna suelta en el techo.

Makia Vela acababa de entrar en la Escuela de Brujas, uno de los lugares más extraordinarios de Abracadabra. La Escuela se alzaba sobre una isla rodeada de árboles, en el mismo corazón de la ciudad, al que sólo se podía llegar atravesando uno de los Siete Puentes del Destino*.

Tenía altos torreones coronados con tejados puntiagudos de pizarra que al atardecer brillaban como cuernos de escarabajos.

En su interior, las aulas se parecían a las de una escuela normal, ya saben: pupitres, pizarras, mapas, horarios y todo eso. Aunque muchas de ellas eran mazmorras, no ponían los pelos de punta: tenían techos altos, arcos apuntados y ventanales de vidrios de mil colores en las paredes. Para ir de una clase a otra las alumnas debían atravesar largos pasillos que formaban un laberinto. ¡Y lo más divertido! Los muros, pintados de lila, anaranjado y pistache, tenían puertas secretas que conducían a lugares insospechados.

* Puentes mágicos que ayudan a adivinar el futuro. Mira hacia atrás después de cruzarlo y descubrirás qué te depara el destino para ese día: sorpresas, viajes, nuevos amigos o algún embrollo brujil.

La Escuela era un lugar privilegiado donde las brujas jóvenes con un poder extraordinario aprendían a controlar su magia. Porque aunque todas las brujas de Abracadabra tenían poderes, sólo unas pocas poseían poderes extraordinarios: una habilidad especial para alguna de las artes de la brujería; lo que se conocía como «Talento brujil».

Este poder aparecía de pronto y se manifestaba en forma de nube sobre la cabeza de las brujas novatas. La historia había demostrado a lo largo de muchos siglos que estas nubes no eran sino magia en su estado puro y salvaje. Si no se controlaba, las consecuencias eran imprevisibles.

Makia Vela sacó el brazo de debajo de las sábanas para alcanzar el horario de clase que estaba encima de la mesita. A primera hora, clase de Pociones; luego, Conjuros y después del descanso, Práctica de vuelo.

—¡Lagartijas! Mi primera Práctica de vuelo y yo aún no he conseguido que mi escoba vuele más alto que una gallina.

Makia se dejó caer de espalda sobre la almohada. Tres meses en la Escuela de Brujas y seguía sin tener la menor idea de cuál era su supuesto talento brujil. Hasta ahora no había hecho más que cometer errores, algunos garrafales e incluso peligrosos. Como cuando trató de preparar un brebaje para Carlota.

Quería conseguir que su talentosa araña despertara al despuntar la luna, como hacía cualquier mascota de bruja digna de tal oficio. Para ello puso a hervir en su caldero unos granos de café, con pétalos de dama de noche y plumas de lechuza nocturna. Luego añadió unas gotas de gelatina de mosca y preparó un brebaje apestoso con el que su araña se relamió las ocho patas.

Al principio empezó bien: a Carlota se le abrieron dos ojos redondos como los de un murciélago. Se pasó la noche cantando serenatas mientras tejía mosquiteros de rayos de luna para el dormitorio de Makia. Y por fin, cuando llegó la hora de despertar a su bruja, cayó rendida dentro de un bote de mermelada de berros, donde permaneció roncando una semana.

Tirada en la cama, mirando el techo, Makia fue recordando todos los conjuros, pócimas y encantamientos que habían fracasado

desde que apareció su primera nube. Nunca olvidaría aquel día. Por algo era uno de los más importantes en la larguísima vida de una bruja...

Fue con la primera nevada del mes Abedul. La Luna aún no se había ocultado tras las torres del Castillo de las Siete Calaveras, cuando la despertó un extraño cosquilleo en la nariz.

—Quita tus patas de mi nariz —gruñó, pensando que se trataba de una de las bromas de Carlota.

Makia se estiró bajo las sábanas y llamó a su mascota, fingiendo voz de enfadada.

—¿Dónde te has metido, Carlota? —dijo rebuscando entre los pliegues de la cama—. Cualquier día te convierto en una tarántula o en algo peor: ¡una lagartija peluda!

Carlota que aún dormía en su telaraña, colgada de la lámpara del techo, estiró sus patas y miró hacia abajo con ojos adormilados. Luego descendió como un trapecista por su hilo plateado y se posó en la cabeza de Makia, donde tejió una cómoda hamaca entre su pelo y siguió durmiendo.

Makia que era una bruja risueña, incapaz de mantener la cara de enfado más de dos pulguésimas de segundo, se apartó el flequillo de un soplido y se rascó la nariz.

Lo cierto es que el cosquilleo seguía allí, y ahora también le picaba detrás de las orejas.

—Pues si no han sido las patas de Carlota, es posible que esté incubando un sarampión —se dijo—. ¡O que me vaya a salir una verruga en la nariz...!

—¡Nõõõõõ! —gritó, dando un salto fuera de la cama. (*Las brujas modernas habían evolucionado mucho en tratamientos de belleza pero aún no habían superado el desagradable asunto de las verrugas, los dedos huesudos y otras groserías del físico de sus antepasadas*).

Makia se miró al espejo y sacó la lengua. Se levantó los párpados, abrió todo lo que pudo los agujeros de la nariz, se palpó la garganta. Todo parecía normal. Hasta que oyó un

¡GLUF PLIM!

De repente su imagen en el espejo había cambiado. Su pelo era de color verde y le brotaba un hilo de humo de las orejas.

En ese preciso (**y dramático**) momento llamaron al timbre. RUIIIIMMMM

Mientras Makia dudaba entre abrir o gritar, oyó el graznido de un cuervo y vio que pasaban un sobre por debajo de la puerta.

Sin pensarlo dos veces, se enredó una toalla a la cabeza y fue hasta la puerta. Cogió el sobre y lo abrió. Era un telegrama de la directora de la Escuela de Brujas anunciándole que debía empezar YA sus estudios brujiles.

—¡Por todos los lagartos! ¡Voy a entrar en la Escuela de Brujas!

El Consejo de las Muy Brujas ha considerado tu petición de entrar en la Escuela de Brujas y bla bla bla... ha llegado el momento de empezar a controlar tu extraordinario e inusual potencial como bruja, y hacer honor a tu estirpe.

Firmado: Roterina Zugarramurdi

Estaba tan contenta que se olvidó del pelo verde y del humo de las orejas. Salió de casa con la toalla amarrada a la cabeza y en pantuflas, y se puso a dar brincos de alegría por el jardín, provocando una desbandada de bichos, escarabajos peloteros, saltamontes, catarinas, cucarachas...

Aquello le dio una idea: debía practicar algunas de las artes brujiles que había visto en su serie de televisión preferida: «La Encantadora de Ranas». Empezaría con algo fácil como convertir un saltamontes en escoba voladora. No tenía ninguna experiencia en cosas voladoras, así que improvisó un conjuro que le había dado excelentes resultados para hacer flotar las alfombras cuando barría.

—Agarro el saltamontes con cuidado y le hago cosquillas mientras pronuncio unas palabras mágicas... ¿pero cuáles? —pensó Makia—. Debe ser algo muy básico. A ver qué tal:

«Saltamontes cojuelo, en lugar de saltar, alza el vuelo»

Después de varios intentos consiguió convertirlo en florero..., luego en paraguas..., y por último, con gran decepción: ¡en gallina! Aquello más que una escoba voladora parecía un plumero espeluznante.

Makia Vela no se desanimó, aunque decidió dejarlo para otro momento en que estuviera más inspirada. Entró en casa y se quitó la toalla. Al mirarse de nuevo en el espejo descubrió que sobre su cabeza flotaba una nube, una nube mágica, su primera nube..., ¡la inequívoca señal de que ya era una brujeriza!

(Es necesario aclarar que las nubes que flotan sobre las brujas novatas o brujerizas son sobrecargas de magia, y adquieren formas caprichosas, dependiendo de lo que en ese momento le ronda a la bruja en la cabeza.)

Así descubrió Makia su primera nube:

Makia se sintió decepcionada.

«Tengo que dejar de ver esa serie de televisión», pensó.

Habría esperado una nube más fantasmal, al fin y al cabo era hija, sobrina, nieta y tataranieta de algunas de las brujas más famosas del país.

La nube-rana la observaba desde el espejo sin parpadear, como una pesadilla de brócoli. Makia trató de ocultarla debajo de moños altos, de pañuelos de cabeza, incluso trató de hacerla desaparecer con la aspiradora. Pero la nube la perseguía sin tregua.

A punto estaba de darse por vencida, cuando se acordó del sombrero de su tatarabuela, un sombrero morado y picudo más viejo que las Brujas de Matu Salem. Le quedaba muy grande y sólo se lo había puesto alguna vez por Carnaval.

Makia subió al desván y llamó a su fantasma.

—Bu, baja de ahí. Necesito que me abras el arcón.

Bu tenía la manía de camuflarse y sólo sabía decir «buuu», pero conocía al derecho (y al revés) cada rincón de aquel enorme caserón, sobre todo el viejo desván donde Makia guardaba el antiquísimo arcón de su tatarabuela, Tatarísima.

Tatarísima había sido una bruja de mucho prestigio. Al cumplir dos siglos y medio decidió retirarse y llevar una vida más tranquila, lejos de los pucheros y los aquelarres, que le daban una enorme jaqueca, para dedicarse a su verdadera pasión: viajar en su caldero mágico.

Makia recibía a menudo postales y regalos que su Tatarísima le enviaba desde los lugares más recónditos del País de Medianoche y de otros que ni siquiera aparecían en los mapas.

Cuando Tatarísima se marchó, Makia era una brujita que no levantaba tres palmos del suelo. Tenía pocos recuerdos de ella: pero le había dejado al fiel Bu, que había sido su mayordomo, y un montón de cachivaches que guardaba en el viejo arcón del desván, cuya llave guardaba celosamente el fantasma.

Bu abrió el arcón y Makia sacó el sombrero morado. Después de sacudirle el polvo, se lo puso y al instante la nubecita se desvaneció en una espiral de burbujas plateadas.

—¡Buuuu! —susurró Bu dando vueltas alrededor de Makia como una polilla.

El reloj cucú se desgañitó dando las ocho. Makia Vela se despertó de un sobresalto y vio que seguía embutida entre las sábanas pensando en las musarañas.

—«Date con las nubes maña, y no pienses en musarañas» —recordó Makia, citando en voz alta el Manual de las Brujerizas, mientras se cambiaba de ropa y se calzaba sus botas preferidas—. ¡Llegaré tarde, llegaré tarde! —se lamentaba—. Y hablando de arañas...

Makia rebuscó en su maraña de pelo, cogió a Carlota con la punta de los dedos y se la colocó en la palma de la mano.

—Ven conmigo —dijo, calándose el sombrero de su Tatarísima, del que ya no se separaba nunca—. Ven conmigo al desván. Quiero buscar algo que nos servirá de mucho para la Práctica de vuelo de hoy.

Makia salió del cuarto con la araña Carlota en el sombrero. Subió de dos en dos los escalones que conducían al desván. Con la ayuda de Bu se puso a revolver entre un montón de cajas, hasta encontrar un libro enorme con las tapas de cuero rojo y enormes letras doradas en el lomo.

—El **Libro de Conjuros** de Tatarísima —lo abrió y leyó rápidamente el índice—. Aquí está: «Primera lección de vuelo de una bruja novata», página trece.

Makia se quedó boquiabierta. No era la complicada ecuación de siete incógnitas, ni la fórmula de jeroglíficos que esperaba. Volar en escoba parecía lo que en el argot de las brujerizas se conocía como una auténtica «ganga».

«Pero, atención, antes de volar por primera vez, una bruja debe hallar sus propias palabras mágicas...», siguió leyendo.

—¡Eso ya no es tan fácil! —se dijo Makia. Parecía una broma pesada de Tatarísima, a la que le encantaban los acertijos.

De pronto, Carlota, que se había estado paseando por la página, se puso a hacer aspavientos para llamar la atención de Makia. Allí mismo, en el margen del libro, alguien había anotado una misteriosa frase:

«Arre, giolcach, mé a chur chun Coven»

Minutos más tarde, Makia Vela atravesaba Abracadabra echando llamas con su escobacleta. Al llegar a la puerta de la Escuela miró hacia atrás. Acababa de cruzar uno de los Siete Puentes del Destino: el de la Fortuna.

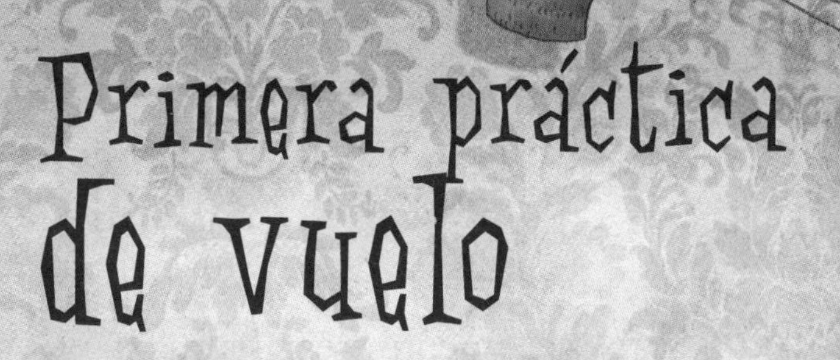

Primera práctica de vuelo

—Eso es un buen augurio: hoy te esperan sorpresas y cambios inesperados... —predijo Escarlata cuando Makia le contó que acababa de cruzar el Puente de la Fortuna.

De las tres amigas, Escarlata era la que más sabía de oráculos. En el primer trimestre había ganado una Insignia Serpiente, algo insólito en una brujeriza. Para Makia no cabía duda de que era la única bruja novata que daba señales de tener algún talento brujil.

—Pues yo me propuse cruzar el Puente del

Sol y ¡lo he conseguido! –murmuró Escarlata–. Ya sé que no siempre trae suerte pero...

–¡Escarlata! –se alarmó Cereza, mirando rápidamente a un lado y a otro–. No puedes decidir qué puente del destino cruzar.

–Lo sé, pero no ha sido a propósito –explicó Escarlata–. Ayer mientras cambiaba un par de piezas de mi escobacleta, recité un conjuro del Libro de las Pitonisas y sin querer he instalado un Navegador del Destino.

–¿Qué es un «Navegador del Destino»? –balbuceó Makia que estaba a años luz de entender las nuevas tecnologías.

–También se llama GDS*. ¡Es un artefacto que encuentra el destino que deseas en un tiempo

* Gadget Destiny Supersónik

récord! —dijo en voz baja Cereza, que por el aspecto de la nube que se le iba formando en la cabeza, se sentía como si fuese cómplice de un terrible delito.

Makia miró a Cereza impaciente. Estaba deseando que siguiera su explicación sobre el navegador pero la nube de su amiga se disipaba, al mismo tiempo que el talismán que

llevaba colgado emitía destellos de arco iris. Esa era la señal inequívoca de que Cereza volvía a tener la cabeza llena de pájaros.

¡BRU! ¡BRUUG! Sonó el timbre que anunciaba el comienzo de las clases. Las brujas novatas debían estacionar sus escobacletas y entrar en la Escuela, así que Makia decidió esperar al recreo para averiguar algo más sobre el misterioso «gede ese» de Escarlata.

En los pasillos de la Torre de las Brujerizas, las brujas novatas andaban de un lado para otro, alteradas como un enjambre de abejas en un museo de cera. Por fin entraron en la Sala de Pócimas. Un grupo de alumnas acarreaba calderos de acá para allá, otro encendía el hornillo, y las demás ordenaban los botes de ingredientes sobre la mesa.

—Por favor, brujas, pónganse las batas y guarden sus nubes lo antes posible —advirtió

Dona Adriana, la profesora–. No quiero nada a la vista que pueda provocar una explosión. Acabamos de pintar las paredes de la Sala de Pócimas –añadió, suspirando con resignación.

Makia estaba impaciente por contarles a Cereza y Escarlata el descubrimiento que había hecho esa mañana en el Libro de Conjuros de Tatarísima. No podía dejar de pensar en la Práctica de vuelo y en las palabras mágicas. ¿Conseguiría volar, por fin?

–Makia Vela, intenta concentrarte en tu pócima –le advirtió Dona Adriana–. Si te equivocas en la medida de chile, volaremos por los aires.

Entonces se le prendió el foco: «chile=volar» –pensó–. Se guardaría un poco de chile para untarse las axilas antes de despegar.

Después miró de reojo el reloj, en diez minutos Dona Adriana recogería los resultados de las pócimas para fabricar manzanas envenenadas.

—Calentaré la mezcla en el microondas —pensó con satisfacción—, así ganaré unos minutos.

Cereza, que vio lo que Makia estaba a punto de hacer, tuvo el tiempo justo de gritar:

«Cúbranse todas».

Las brujas se tiraron al suelo segundos antes de que el microondas escupiera fuego como un dragón con ardor de estómago.

Un gas pestilente se expandió por los pasillos y tuvieron que desalojar toda la planta. La jefa de estudios canceló todas las clases para poder descontaminar la Torre de las Brujerizas.

(En realidad nadie se extrañó, las explosiones en este edificio eran muy frecuentes, tanto que la directora se había planteado la posibilidad de colocar un dispensador de cas-

cos a la entrada de la Sala de Pócimas de las brujas novatas).

Las brujas estaban a punto de gritar «¡HURRA!» pero Frau Gudrun, la jefa de estudios, las miró con ojos de hielo y anunció:

—Dadas las circunstancias, dedicaremos todo el día a Prácticas de vuelo.

«¡BURRA!» —pensaron las brujas, lanzando dardos con la mirada a Makia Vela.

Makia se bajó el sombrero hasta la nariz. ¡Qué bochorno!

Las brujas novatas llevaban tres meses preparándose para su primera Práctica de vuelo. Habían superado el nivel básico de navegación,

que incluía pruebas de equilibrio, orientación y control del mareo. Pero eso no les aseguraba que fueran capaces de alzar el vuelo, ni mucho menos de graznar a pleno pulmón sobre la escoba.

Les encantaba volar, claro está: ¡eran brujas! Pero se esperaban lo peor, así que no les hizo ninguna gracia ver adelantado aquel suplicio.

Cuando la profesora de vuelo llegó a la pista de la escuela cargada de escobas, las brujas andaban revueltas jugando con las nubes que flotaban sobre sus

cabezas. La mayoría de las nubes tenía forma de pájaro pero no faltaban todo tipo de obsesiones voladoras: globos, peces alados, cohetes, cometas..., incluso pegasos.

Escarlata miró a Cereza y se echó a reír.

—Cereza, si no te calmas un poco estarás agotada antes de subirte a la escoba —dijo, señalando una nube con forma de colibrí que se le había instalado encima de la cabeza.

—No consigo plegarla —gritó poniéndose bizca mientras trataba de atrapar su nube—. Y mucho menos que se meta en mi medallón.

La nube de Escarlata se plegó sola antes de desaparecer en un bolsillo de su vestido. Escarlata plegaba sus nubes con facilidad porque la mayoría de las veces no eran sino páginas en miniatura de alguno de los tropecientos libros que había leído.

Makia se acercó a sus amigas con una sonrisa de oreja a oreja.

—¿Y tu nube, Makia? —le preguntó Cereza intrigada, al ver que ni siquiera le salía humo de las trenzas.

—No lo sé —respondió Makia alzando los

ojos con cautela. Luego se acercó a sus amigas con aire de misterio y les susurró al oído: —Sé cuáles son las palabras mágicas que me ayudarán a volar.

—¿De veras? ¡Es fantástico! —gritó Cereza, encerrando por fin su nube en el medallón.

—Encontré las palabras mágicas de mi Tatarísima —continuó Makia—. Las anotó en su Libro de Conjuros, aunque en una lengua rarísima.

—¿Y si es un conjuro para transformarse en murciélago? ¿O para provocar tormentas? —desconfió Escarlata—. Ten cuidado. Aún no dominamos las fórmulas de encantamiento. Hay que leer muchas...

—Lo sé, pero tengo el presentimiento de que hoy voy a volar —aseguró Makia y sin pensarlo se metió la mano en el bolsillo donde guardaba el chile y lo apretó como si se tratase de un talismán.

—¡Casi nos haces volar a todas! —bromeó Cereza, recordando la explosión en la clase

de pócimas. Luego, abrazando a su amiga añadió—: Volarás, seguro. Tu tatarabuela anotó su conjuro porque sabía que algún día te sería útil.

Las palabras de Cereza tuvieron un maravilloso efecto en Makia. Se sentía ligera como una burbuja. Empezaba a notar que sus pies flotaban en el aire y recitó con voz profunda el conjuro de Tatarísima.

«Arre, giolcach, mé a chur chun Coven»

En ese instante una fuerte ráfaga de viento impulsó a las brujas que ya estaban

subidas en sus escobas recién estrenadas y las lanzó por los aires. Las ramas de los árboles se agitaron con violencia y un torbellino de hojas secas barrió las nubes mágicas que flotaban por doquier, como un rebaño de ovejas descarriadas.

El sombrero de Makia salió volando por la pista, girando como un murciélago bajo el crepúsculo anaranjado del horizonte.

—¡Un gallo de veleta! —exclamó Cereza—. Makia, tu nube tiene forma de gallo de veleta.

Makia alzó los ojos y vio que sobre su cabeza se erguía un fabuloso gallo, gris y oscuro como

una nube de tormenta. Ya había convertido un saltamontes en gallina y cuando creía que por fin iba a volar, su nube valía lo que un gallo sin una sola pluma de verdad. ¿Qué más podía salir mal?

—¡SOCORRO!

La que gritaba era Escarlata que, incapaz de controlar su escoba, volaba cabeza abajo, mientras de sus bolsillos caía una lluvia de papelitos.

—No veo nada —gritó Makia antes de tropezarse con Cereza y caer las dos al suelo. Las dos amigas se miraron sin saber qué hacer.

Makia estaba convencida de que había sido ella la causante de aquel caos. Y ahora su amiga Escarlata... ¡volaba secuestrada por una escoba loca!

Un colibrí se acercó hasta Cereza con uno de los papelitos de Escarlata en el pico.

«Aderyn yn y llaw yn werth dau yn y llwyn»

—leyó Cereza—. Son fórmulas de encantamiento. Escarlata ha memorizado tantas que no será capaz de encontrar su frase mágica.

—¡Tengo un idea! —Makia corrió hasta donde estaba estacionada la escobacleta de Escarlata, se subió en ella y pedaleó con todas sus fuerzas. Si servía para encontrar un destino, serviría para llevarla hasta su amiga:

«¡Gedepé, Gedecé, o como lagartijas te llames! ¡Alza el vuelo, diantres! Llévame a mi destino cuanto antes» —gritó con los ojos cerrados.

Al instante, la escobacleta dejó de rodar y se elevó por los aires, lanzándose veloz en dirección a Escarlata.

—¡El Gede éste funciona! —exclamó Makia soltando las manos del manubrio para agarrar a Escarlata por el brazo.

Las dos brujas, subidas a la escobacleta, planearon por el cielo dando alaridos y graznando de alegría.

—¡Tu nube! —gritó Cereza haciendo aspavientos desde abajo y señalando al gallo veleta de la Torre—. ¡Quiere que sigas la dirección del viento, Makia!

—¡Ahhh! —gritaron a coro las dos brujas haciendo acrobacias en el aire, antes de descender entre risas... y con más o menos destreza.

¡PLAF! ¡CRACK!

La escobacleta de Escarlata quedó convertida en un monopatín.

—Lo siento, Escarlata —se lamentó Makia—. Te he roto tu G..., GeDeS.

—¡No te preocupes! —dijo Escarlata, dando un silbido para llamar a su mascota—. Cereza me asustó tanto que se lo di a Curucha para lo ocultara.

Makia se quedó pasmada: —¿Entonces qué hizo volar la escobacleta? —pensó en voz alta–. ¿Es posible que haya encontrado mis propias palabras mágicas?

–La única forma de saberlo es intentándolo de nuevo –advirtió Escarlata–. Pero esta vez con una escoba de verdad.

Makia estaba de acuerdo, pero aún temía provocar otro vendaval como el que había lanzado a sus compañeras por los aires.

–Traigo noticias frescas –dijo Cereza, que llegó corriendo casi sin aliento–. La profesora Japiflay acaba de descubrir que las nuevas escobas venían con defecto.

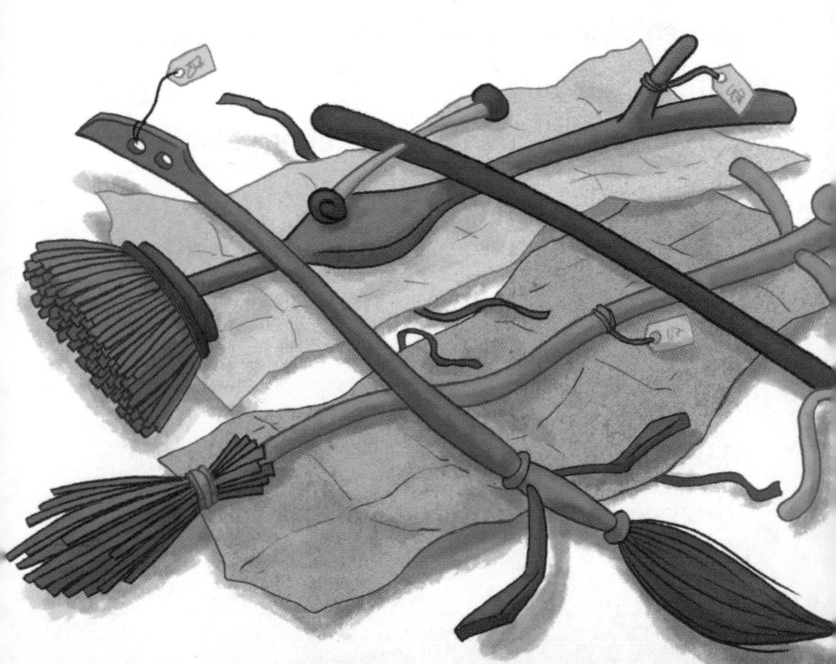

—¡Vaya descubrimiento! —afirmó Escarlata ajustándose los lentes—. Se lo podía haber dicho yo.

—Los palos de las escobas sufrían un ataque de cosquillas de termitas —explicó Cereza—. Han enviado unas nuevas con urgencia. Mírenlas: ¿No son súper?

—Sí, Cereza, pero yo ya he tenido suficiente vuelo por hoy —suspiró Escarlata.

—Sube —dijo Cereza, dando un tirón de su amiga—. Lo intentaremos de nuevo. ¡Adelante, Makia! La última en llegar es bruja piruja.

¡uaj! ¡ja! ¡jua!

Makia cogió una de las escobas que había traído Cereza y se preparó para alzar el vuelo, pero antes sacó el chile que había escondido en su bolsillo y se frotó con éste las axilas, por si acaso. (**¡Cosas de brujas!**)

Casandra
Hierbas,
Amuletos
Libros,
Pasteles...
Jardín Interior
Nubes tostadas con confitura de estrellas dulces
Tarta de arándanos con relleno de deseo
Té de suspiro con aroma de amapola.

El Castillo de las Siete Calaveras

Makia Vela y sus amigas estaban en la tienda de Casandra, revolviendo entre un montón de revistas viejas. Debían preparar un trabajo sobre enigmas para la clase de Historia de la profesora Saporrostro. Las tres sabían que era el lugar perfecto para encontrar inspiración.

Casandra había sido una de las mejores alumnas de la Escuela de Brujas. Su tienda estaba repleta de libros y objetos mágicos procedentes de todos los rincones del País de Medianoche. Era una de las brujas más respetadas de la ciudad, aunque raras veces salía de su buhardilla-taller, donde elaboraba jarabes, galletas y mil delicias a base de hierbas y flores. Anís, vainilla, violeta, achicoria... Ningún lugar de Abracadabra olía tan bien como la tienda de Casandra.

—Sigo pensando que deberíamos ir a la biblioteca —sugirió Escarlata—. En estas revistas de chismes no encontraremos nada sobre Historia, ni enigmas, ni...

—¿Cómo que no? ¡Escucha esto! —Makia se puso en pie de un brinco y leyó en voz alta—: «Brunilda Meller abandonó el baile al dar las campanadas de media noche, dejando plantado al príncipe». ¿Es un enigma, o no?

—Makia, un enigma es algo inexplicable —afirmó Cereza, creyendo que su amiga hablaba en serio—. Todo el mundo sabe por qué Brunilda salió disparada hacia su carroza. Una calabaza no es un enigma.

—No, pero es un hechizo ingenioso —afirmó Casandra sonriente, mientras bajaba al jardín con una bandeja de escamas de regaliz—. «No existe enigma que el ingenio no resuelva». Lo leí en algún libro —añadió Casandra, sentándose junto a ellas.

—¿En cuál? —preguntó Escarlata, a la que le fascinaba cualquier libro, sobre todo los que encerraban algún misterio.

—En el Libro de las Brujas Legendarias —reveló Makia de pronto con la boca llena de regaliz.

Sus dos amigas la miraron con las cejas levantadas.

—«No existe enigma que el ingenio no resuelva, ni ingenio que un talento no revele.» —recitó Makia de memoria—. Es del Libro de las Brujas Legendarias. Leí la frase en un mapa que tenía mi tatarabuela en el desván.

—Un mapa. Es posible... —empezó a decir Casandra.

—¿Qué? —preguntaron a coro las tres brujas.

—El Libro de las Brujas Legendarias desapareció de Abracadabra hace mucho tiempo... —explicó Casandra, mientras entraba en la tienda y cogía algo de su estantería—. Según cuenta la leyenda está escondido en el Castillo de las Siete Calaveras.

Casandra regresó al jardín con un álbum de recortes de prensa y les mostró la fotografía de un viejo castillo abandonado que se alzaba en la parte más alta de la ciudad. Las brujas solían dar un rodeo para no sobrevolar con sus escobas los alrededores de ese castillo: el Castillo de las Siete Calaveras, sobre el que flotaba una nube negra que lanzaba rayos y truenos a cualquier hora del día y de la noche.

«Se dice que fue construido por una de las siete brujas que fundaron Abracadabra» —continuó leyendo Casandra—. Y que ahora pesa sobre él un maleficio. Aunque nadie ha entrado para comprobarlo —añadió.

—¿Crees que el mapa de la tatarabuela de Makia conduce al lugar donde está escondido el libro? —preguntó Escarlata intrigada.

—Es posible —afirmó Casandra, acariciando a Meiga, su gata, a la que se le ponían los pelos

de punta cada vez que nombraban el castillo—. Hubo un tiempo en que Las Siete Calaveras era el orgullo de la ciudad. Las brujas que gobernaban el castillo fueron muy poderosas, pero también algunas de las más pérfidas de la historia de Abracadabra. Si el Libro de las Brujas Legendarias existe, sin duda está guardado entre los muros de ese castillo fantasmal.

—¡Vamos allí a averiguarlo! —propuso Makia dando un brinco que hizo que el sombrero se le bajara hasta las cejas.

—Esperen, esperen. ¿No han oído lo que ha dicho Casandra sobre un maleficio? —preguntó Cereza, apretando su medallón.

—Piensa en el excelente trabajo de clase que harías —insistió Makia—. Ya lo estoy viendo: «Cereza Brezo resuelve, gracias a su extraordinario talento brujil, uno de los mayores enigmas del País de Medianoche».

—Desde luego para una aventura así van a necesitar todo su talento brujil —dijo Casandra al verlas tan decididas—. Les haré unas galletas de borrajas, son excelentes contra cualquier maleficio. Seguro que no está de más un poco de ayuda extra.

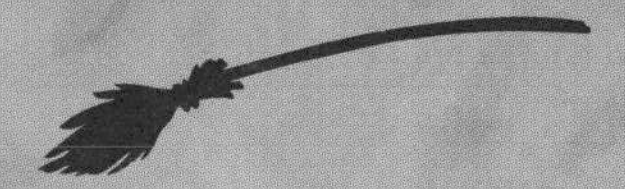

Esa misma noche las brujas partieron hacia el Castillo de las Siete Calaveras.

Con luna nueva Makia Vela y sus amigas estaban sobrevolando en sus escobas el Bosque de los Susurros (¡Algo espeluznante hasta para una bruja!). Desde el bosque debían seguir el

camino a pie para no perderse en la espesa niebla que rodeaba el castillo.

—¿Tienes el mapa de tu tatarabuela? —preguntó Escarlata con impaciencia al aterrizar en un claro del bosque.

—He traído una copia que ha hecho Carlota —dijo Makia sacando un papel con garabatos.

—¡Makia, aquí sólo hay dibujos de árboles, unas huellas, una calavera...! ¿Y la estrella de los vientos? —exclamó Escarlata—. Sin ella no sabemos dónde está el Norte.

—Es por aquí —dijo Cereza, que había estado explorando los alrededores mientras Makia y Escarlata le daban vueltas al mapa intentando descifrar qué camino seguir.

—¿Cómo lo sabes? —preguntó Makia asombrada.

—Sólo hay que observar el tronco de los árboles —sonrió Cereza, quitándole el mapa de las manos—. Ahora debemos encontrar un cedro gigante. No será difícil, son inconfundibles.

Makia, Escarlata y sus respectivas mascotas caminaban despreocupadas, comiendo galletas detrás de Cereza, que era la única capaz de distinguir un cedro de una coliflor.

A medida que se adentraban en

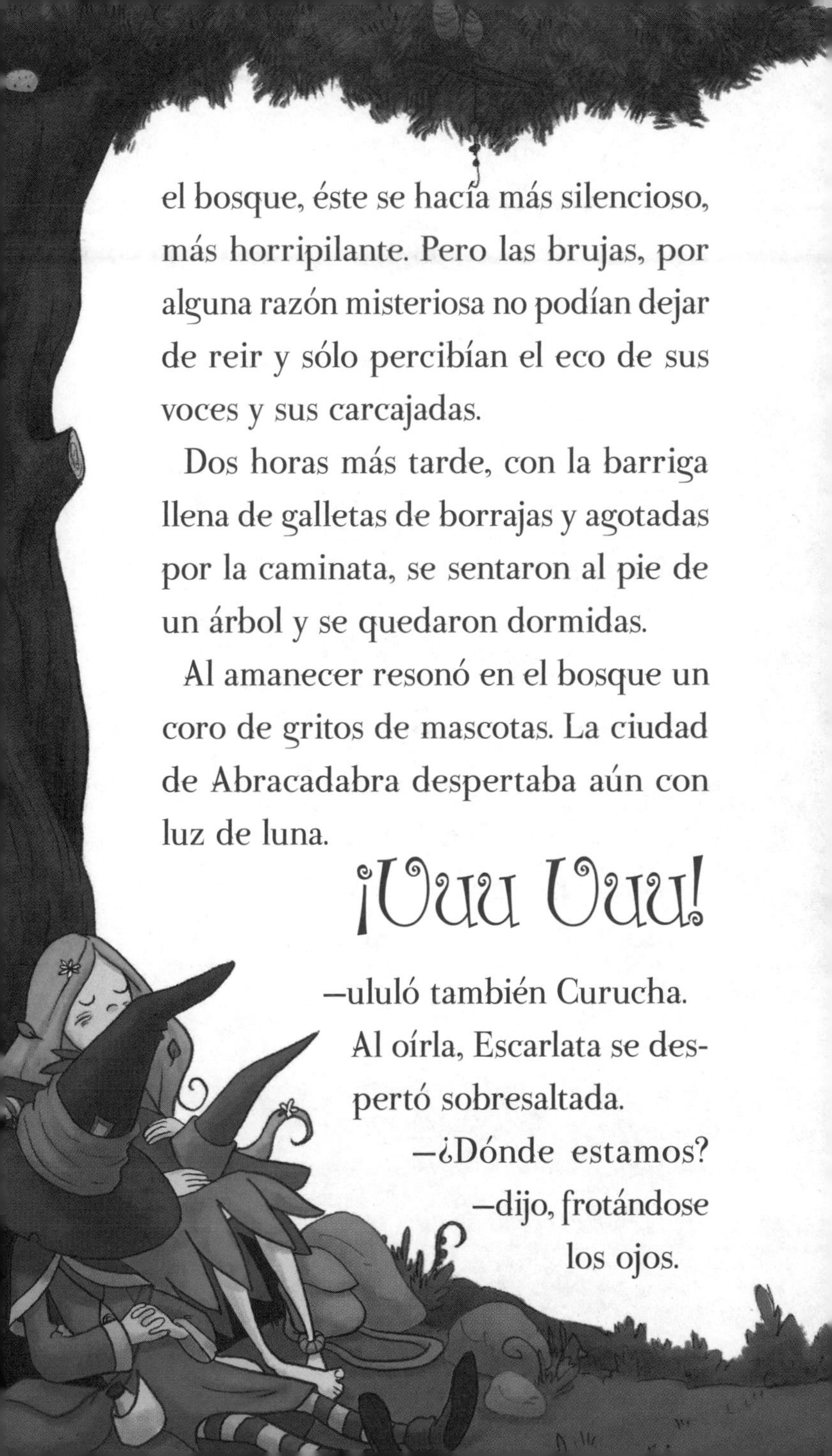

el bosque, éste se hacía más silencioso, más horripilante. Pero las brujas, por alguna razón misteriosa no podían dejar de reir y sólo percibían el eco de sus voces y sus carcajadas.

Dos horas más tarde, con la barriga llena de galletas de borrajas y agotadas por la caminata, se sentaron al pie de un árbol y se quedaron dormidas.

Al amanecer resonó en el bosque un coro de gritos de mascotas. La ciudad de Abracadabra despertaba aún con luz de luna.

¡Uuu Uuu!

—ululó también Curucha.

Al oírla, Escarlata se despertó sobresaltada.

—¿Dónde estamos? —dijo, frotándose los ojos.

Escarlata miró a su alrededor. El bosque había desaparecido y Curucha también. Estaban dentro del tronco de un árbol gigantesco.

—¿Estamos en el Castillo? —preguntó Cereza aún medio dormida.

—Más bien diría que nos ha tragado el famoso cedro —observó Escarlata después de colocarse sus lentes.

—Eso de ahí parecen puertas. ¿Adónde llevarán? —observó Makia, al mismo tiempo que corría a abrir la que estaba más cerca. Al ver que no podía, lo intentó con otra, y otra, así hasta la última, que tenía una inscripción grabada en la madera: «ARBOLEDA».

—¡Alejop! —exclamó Makia entusiasmada al ver que la puerta se abría.

Pero la alegría les duró unos segundos. Tras la puerta no había más que un oscuro pasillo que se hacía más y más estrecho cada dos pasos.

—Esto no conduce a ninguna arboleda —dijo Escarlata, cansada de andar en cuclillas—. Si al menos pudiéramos ver dónde estamos...

—Ya sé. Haré un hechizo —exclamó Cereza, en un arrebato de optimismo, muy propio de ella—. ¡El hechizo de la luciérnaga!

—Excelente, mi querida Cereza —exclamó Escarlata—. Sólo nos queda buscar a tientas un bicho, una hormiga, una cucaracha...

—¡O una araña! —gritó Cereza mirando de reojo a Makia.

—Nada de eso —dijo Makia agarrándose el sombrero con las dos manos para que no saliera Carlota—. Mi araña es muy sensible, cualquier hechizo sobre ella tiene efectos secundarios impredecibles.

—Tranquila, Makia —se rió Cereza—. Sabes que yo no haría daño a una mosca. Además este túnel está lleno de murciélagos...

Al decir esto provocó una desbandada de murciélagos que casi las deja sin hechizo y sin ojos. Cereza agarró uno al vuelo. Luego se

sacó un pañuelo del bolsillo y cubrió al murciélago, como haría un mago con su sombrero antes de sacar un conejo. Y recitó el conjuro:

«Pequeño vampiro, no temas mi magia.
Como luciérnaga brillarás hasta el anochecer,
y después murciélago volverás a ser.»

Incluso a la luz de una luciérnaga del tamaño de un murciélago, el túnel parecía no tener fin.

Las brujas estaban cansadas y empezaban a dudar de que el mapa de Tatarísima condujera al Castillo de las Siete Calaveras, y mucho menos que fueran a encontrar el Libro de las Brujas Legendarias.

—Vuelve a mirar el mapa, Makia —sugirió Escarlata—. ¿Ves algo parecido a un laberinto?

—¿¡El mapa!? —gritó Makia, rebuscando en su zurrón—. Lo he perdido.

«¿Buscas esto, brujita despistada?»

Las tres brujas miraron a su alrededor. ¿De dónde procedía esa voz de cuervo?

Frente a ellas, un trasgo narigudo les sacaba la lengua mientras saltaba de un lado a otro con el mapa en la mano.

—Dámelo si no quieres que te convierta en piojo —amenazó Makia.

—Pizkiribiti mulequi dariba iba sum cachá —se burló el trasgo.

—Dekebum pizkiribi sim gorbenzu nano —respondió Escarlata con los brazos en jarra. Conocía muy bien la lengua de los trasgos, aunque éste en particular era un deslenguado—. Dimi mupa jora, trolebuco.

Cereza y Makia abrieron unos ojos como platos. No entendían una palabra de lo que decían. De pronto Escarlata cambió su tono brusco y empezó a hablarle al trasgo con una voz de ninfa del lago que daba ardor de oídos.

—Pizkiribi quer gar Septum Calaver, trolesaberísimo noceco pasadizo creceto, oi? —preguntó con una falsa sonrisa que hacía que su boca pareciera tan grande como su sombrero.

—Brisqui e nome nanobuco, Septum Calaver quer gar

—sentenció el trasgo antes de desaparecer en la oscuridad.

Escarlata relajó la cara, se sentó en el suelo y sacó una libreta del bolsillo.

—¿Y? —preguntaron a coro Makia y Cereza.

—Dice que sólo nos conducirá al castillo si adivinamos cómo se llama. Típico de enano narigudo —refunfuñó Escarlata sin dejar de garabatear nombres indescifrables en la libreta.

—¡Pizkiribi! —gritó Cereza sin dudarlo un momento.

—Esas somos nosotras —suspiró Escarlata—. En su lengua significa «brujas bobas».

Escarlata se sentó junto a sus amigas y se quitó el sombrero. Una nube hizo «¡puf!», como si hubiera abierto una botella de refresco. El túnel se llenó de letras, de palabras, de palabrotas...

Al cabo de un rato...

—Ya sé cómo se llama —exclamó Makia de pronto, despejando las nubes a soplidos—:

¡Abelardo! Su nombre es Abelardo.

—¿Abelardo? —preguntó Escarlata. Pero enseguida se puso de pie y gritó—: Claro, la inscripción de la puerta. Cambiando de orden las letras de «ARBOLEDA», se lee: «¡ABELARDO!».

—¡Makia, eres una bruja sorprendente! —la abrazó Cereza.

En ese instante la oscuridad del túnel se disipó en una niebla espesa con olor a musgo y a mandrágora. Makia tenía de nuevo el mapa en la mano. Pero ya no lo necesitaban. El duende había cumplido su palabra...

Las brujas sintieron un escalofrío al contemplar desde la escalinata la tenebrosa silueta del Castillo de las Siete Calaveras.

—Ya que hemos llegado hasta aquí, deberíamos entrar —dijo Cereza, escondiéndose detrás de Makia—. ¿O no?

—¿Les queda alguna galleta de Casandra? —preguntó Escarlata—. Hablo en serio. Este lugar me da mala espina.

Pero en lugar de responder, Makia empezó a subir las escaleras despacio, como hipnotizada. Había dejado de oír a sus amigas. Sólo percibía las notas de una melodía que conocía de otro lugar y otro tiempo, y que la arrastraba hasta la entrada del castillo.

Al llegar frente a la puerta de las calaveras, ésta se abrió con un crujido y la engulló ante los ojos aterrados de sus amigas.

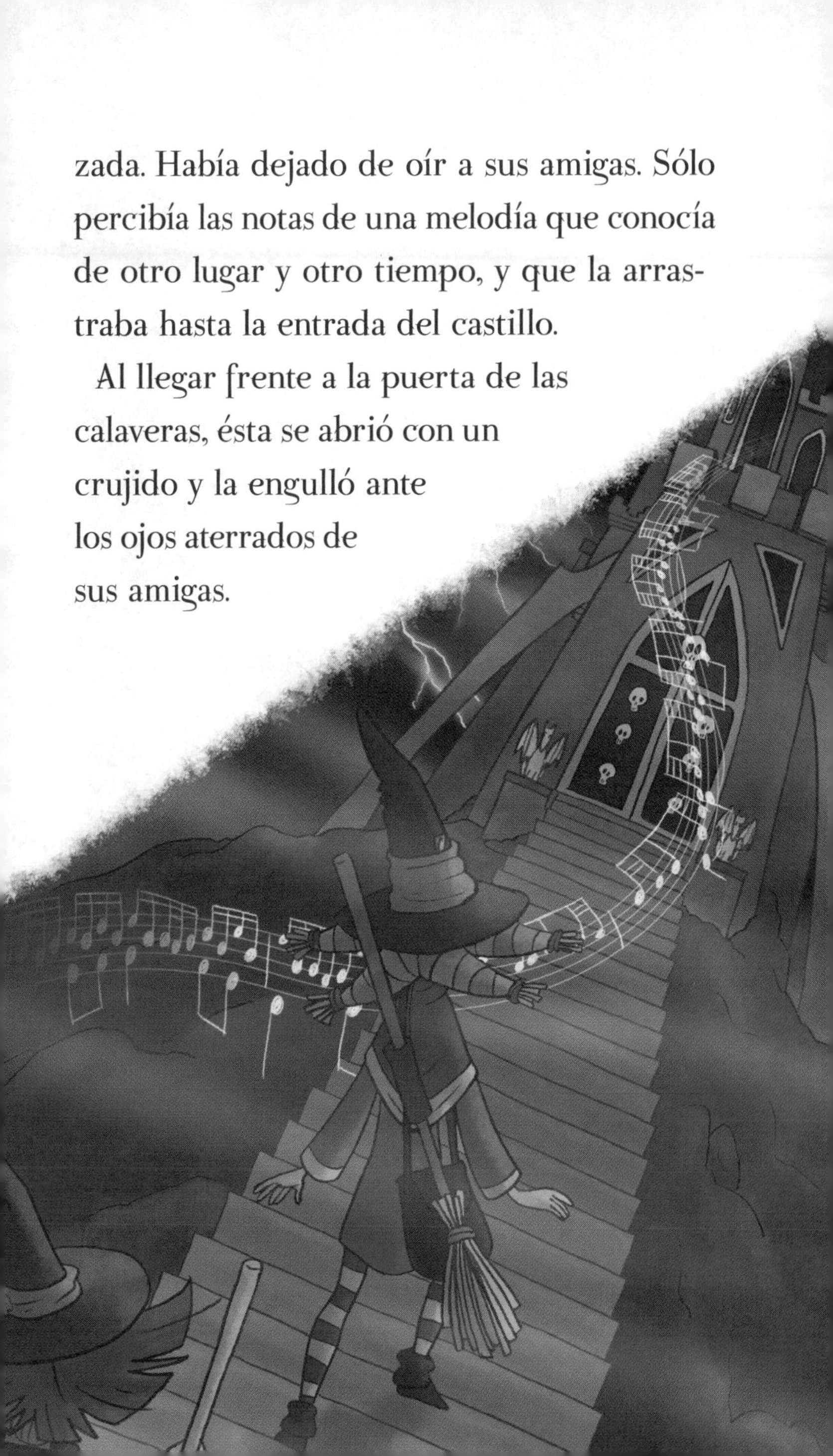

El interior del castillo era silencioso como una tumba. Hasta que...

¡¡¡Purruum!!!

Las puertas se cerraron a su espalda con un tremendo portazo. Makia volvió en sí y se giró buscando a sus amigas. No estaban.

Corrió hasta uno de los ventanales y se asomó de puntillas.

—¡Escarlata! ¡Cereza!

—gritó asustada. Al ver que no se movían buscó a Carlota, que se había subido a la punta del sombrero para ver de cerca las magníficas telarañas que adornaban todos los rincones del castillo.

—Baja de ahí. Ayúdame a pensar algo —dijo Makia, colocando a Carlota a la altura de sus ojos—. Escarlata y Cereza están convertidas en estatuas. Tenemos que deshacer el maleficio.

Carlota levantó un par de patas y señaló la nube gris que reflejaba el espejo encima de la cabeza de su bruja.

—¡Oh no, ahora no! —se lamentó Makia, al ver que su nube empezaba a moverse a un lado y a otro, como si quisiera jugar al escondite.

La araña vio tan desesperada a su bruja que decidió saltarse las reglas por esta vez, y ayudarle a controlar su nube mágica.

—Espera, Carlota —gritó Makia a su araña, a punto de atrapar la nube con su telaraña—. Creo que esta nube quiere que la sigamos.

La nube mágica ascendió por la escalera, entró y salió de todas las habitaciones, y a medida que deambulaba por el castillo se iba haciendo más y más voluminosa.

«Suerte que no flota sobre mi cabeza porque me habría aplastado» —pensó Makia con cierto alivio.

De repente la nube se coló por la cerradura de una puerta muy alta. Makia la siguió, giró el pomo y entró. No se veía nada. Era como si hubiera metido la cabeza en un tintero.

Makia cerró los ojos y pronunció las primeras palabras que le vinieron a la cabeza:

*«Scriosann dallóga an ceo na súile»**

De pronto se encontró en una habitación enorme, como un salón de baile. Apenas unos pocos muebles arrimados a las paredes, que estaban decoradas con tapiz de flores lilas y anaranjadas.

*Traducción: Destruye la niebla que ciega mis ojos.

«Los colores del País de Medianoche» —pensó Makia y se acercó a una pared en la que colgaban grandes cuadros con ricas molduras. Makia se acercó para verlos mejor. Eran siete retratos de brujas. Todas ellas tenían una mirada perturbadora, como si realmente la estuvieran observando.

Los contempló uno a uno despacio, hasta llegar al último.

—¿A quién se parece esta bruja? —dijo, acercando la nariz al retrato—. Se parece a... —Carlota escaló el marco y tejió en diez segundos una tela con unas letras de brillos plateados que Makia leyó—: Ta...ta... ¡Tatarísima! ¡Es cierto!

«¡Tatarísima es una de las Siete Brujas Legendarias! —se dijo—. ¿Por qué me lo habrá ocultado?».

Makia se acercó más y descubrió que junto al retrato de su tatarabuela había uno más, muy pequeño, que no había visto hasta ahora. Nada más pasar los ojos por encima se le pusieron los pelos de punta.

—¡Aaaaj! —gritó dando un brinco que la hizo caer sentada—. ¡Esa soy YO!

Makia se levantó y corrió despavorida como si hubiera visto un apestoso ratón.

—¡Es un espejismo! —se decía a sí misma mientras bajaba las escaleras a trompicones.

—¡Makia! ¡No corras! —oyó retumbar una voz en su cabeza.

Makia sintió pavor. Pensó que se iba a desmayar. Pero entonces una fuerza poderosísima, como una lengua de fuego, la envolvió. Sus uñas empezaron a crecer hasta convertirse en garras afiladas. Se estaba transformando en una criatura feroz.

La magia del Castillo de las Siete Calaveras seguía intacta y acababa

de encontrar a la heredera de las fuerzas del bien y del mal que protegían sus muros: ¡MAKIA VELA!

–gritó de nuevo la voz misteriosa–. ¡Huye de ahí!

Aquel grito iluminó el castillo como un trueno de luz. Makia se tapó los ojos y cuando los volvió a abrir vio el reflejo de Casandra a través del espejo. Entonces recordó a sus amigas y salió del castillo, cruzando la puerta de las calaveras, bajando veloz por la escalinata sin mirar atrás, y deseando que todo fuera un mal sueño...

—Fueron tus galletas de borrajas —aseguró Cereza divertida—. ¡Yo jamás hubiera hechizado a un murciélago!

Cereza, Escarlata y Makia estaban en el jardín de Casandra, bajo el árbol encantado. Makia intentaba recordar cómo habían llegado hasta allí, pero su cabeza era una nube de avispas.

—Lo cierto es que ahora tenemos el doble de enigmas por resolver —aseguró Escarlata, como si le hubiera leído el pensamiento a Makia—. Y ningún trabajo de Historia.

—Hemos llegado a las puertas del enigmático Castillo de las Siete Calaveras —se atrevió a decir Makia—. Y en el camino las tres hemos aprendido algo, ¿no creen?

—«No existe enigma que el ingenio no resuelva, ni ingenio que un talento no revele.» —advirtió Casandra—. Tal y como estaba escrito en el mapa de Tatarísima.

Las tres brujas se miraron en silencio. Sin duda habían llegado al Castillo gracias a su ingenio pero el resto seguía siendo un misterio.

Casandra quitó el pañuelo que tapaba su bola mágica y sonrió a Makia con complicidad.

—Respecto a cómo aparecieron en mi jardín. Miren. —Casandra puso las manos sobre su bola de cristal, pronunció unas palabras mágicas y en su interior una imagen fue dibujándose, cada vez más nítida: eran ellas tres, de pie en la escalinata del castillo..., luego aparecía Curucha y la seguían por el bosque..., hasta un cedro, un cedro mágico que era igual, igual, al que crecía en ese mismo jardín.

10 cosas que debes saber sobre... las brujas de Abracadabra

1. Las brujas vuelan en escoba o en otros objetos encantados, pero para ello deben encontrar sus propias palabras mágicas.

2. Les gusta acumular objetos inútiles y con ellos decoran sus casas.

3. Cuidan de sus mascotas, que a cambio les prestan sus poderes.

4. Han sobrevivido hasta nuestros días gracias a su camaradería y compañerismo.

5. Las brujas respetan la Naturaleza, de ella obtienen los ingredientes que necesitan para preparar sus ungüentos y pócimas mágicas.

6. La mayoría de las brujas pueden ser buenas o malas, depende del tipo de bruja que sean y de las circunstancias.

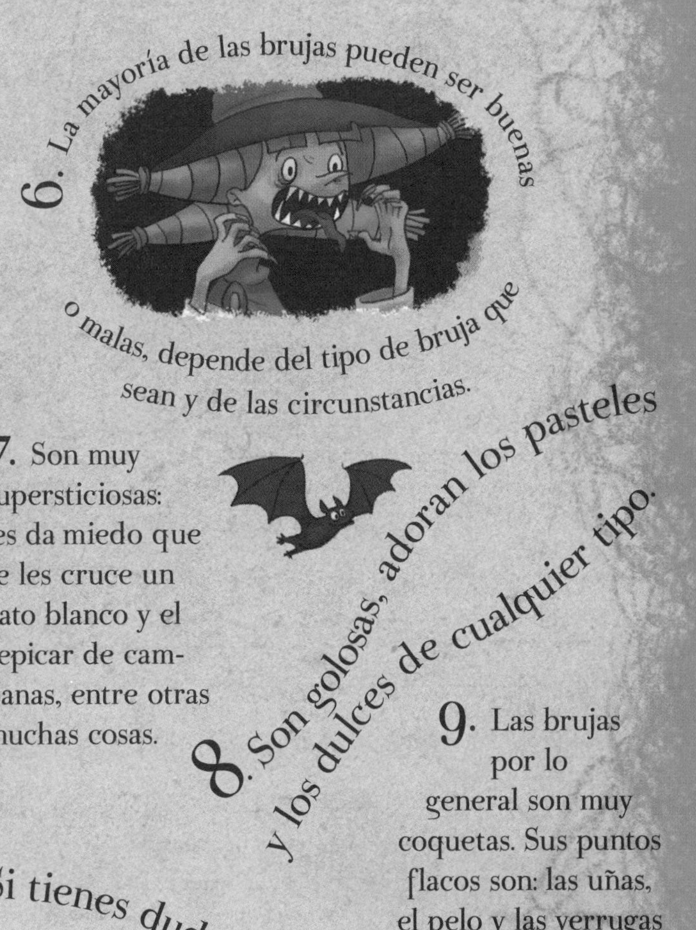

7. Son muy supersticiosas: les da miedo que se les cruce un gato blanco y el repicar de campanas, entre otras muchas cosas.

8. Son golosas, adoran los pasteles y los dulces de cualquier tipo.

9. Las brujas por lo general son muy coquetas. Sus puntos flacos son: las uñas, el pelo y las verrugas en la nariz.

0. Si tienes dudas en reconocer a una bruja, bsérvala cuando se ríe. Les encanta divertirse y reír a carcajadas.

¡uaj! ¡ja! ¡jua!

Makia Vela

Colócate el sombrero puntiagudo,
pliega siete veces tu nube mágica y
monta en tu escoba.
Estás a punto de entrar en un mundo
de brujas. **El mundo de Makia Vela.**

Makia Vela.
La escuela de brujas

No es fácil ser bruja.
Incluso para brujerizas tan talentosas como Makia Vela, el aprendizaje es duro: hechizos equivocados, catastróficos vuelos en escoba y castillos horripilantes con secretos escondidos. Por suerte para Makia siempre puede contar con la ayuda de su mascota, la araña Carlota, y de sus inseparables amigas, Cereza y Escarlata.

Makia Vela.
La bruja enamorada

No es fácil ser bruja.
Incluso brujerizas tan sabias y serias como Escarlata caen de cuatro patas bajo el más poderoso de todos los hechizos: el amor. Y es que no hay embrujos que puedan curar a una bruja enamorada. Sólo Casandra parece conocer las respuestas y los contra hechizos imprescindibles para ayudar a Escarlata y de paso resolver las dudas de Makia...

Makia Vela. La escuela de brujas

Travessera de Gràcia, 47-49. 08021 Barcelona

Av. Homero núm. 544, col. Chapultepec Morales,
Del. Miguel Hidalgo, C.P. 11570, México, D.F.

Primera edición: marzo de 2012
Primera edición en México: septiembre de 2012

www.megustaleer.com.mx

Comentarios sobre la edición y contenido de este libro a:
megustaleer@rhmx.com.mx

ISBN: 978-607-31-1220-8

Impreso en México / *Printed in México*

Este libro se terminó de imprimir en septiembre de 2012 en Quad/Graphics Querétaro, S. A. de C. V., Fracc. Agro Industrial La Cruz El Marqués Querétaro, México.